Fabíola foi ao vento

Este livro é para
Lúcia Jurema, minha mãe,
Luiz Raul, meu pai,
e Sylvia Orthof (*in memoriam*), minha fada.

Carinho imenso também por
Christiane Mello, madrinha desta história,
e Marcelo Ribeiro, que fez Fabíola voar pela primeira vez.

Copyright © 2010 do texto: Ricardo Benevides
Copyright © 2010 das ilustrações: Loly & Bernardilla
Copyright © 2010 da edição: Editora DCL – Difusão Cultural do Livro

DIRETOR EDITORIAL	Raul Maia Junior
EDITORA DE LITERATURA	Daniela Padilha
ASSISTENTE EDITORIAL	Daniela Garcia
REVISÃO DE PROVAS	Ana Paula Santos
	Carmen Costa
DIAGRAMAÇÃO	Daniela Máximo

Texto em conformidade com as novas regras ortográficas
do Acordo da Língua Portuguesa.

Dados Internacionais de Catalogação na Publicação (CIP)
(Câmara Brasileira do Livro, SP, Brasil)

Benevides, Ricardo
　　Fabíola foi ao vento / Ricardo Benevides ; ilustrações Loly & Bernardilla. -- São Paulo : DCL, 2010.

　　ISBN 978-85-368-0943-4

　　1. Literatura infantojuvenil I. Loly & Bernardilla. II. Título.

10-09652　　　　　　　　　　　　　　　　CDD-028.5

Índices para catálogo sistemático:
1. Literatura infantil 028.5
2. Literatura infantojuvenil 028.5

1ª edição – outubro – 2010

Editora DCL – Difusão Cultural do Livro Ltda.
Rua Manuel Pinto de Carvalho, 80 – Bairro do Limão
CEP 02712-120 – São Paulo/SP
Tel.: (0xx11) 3932-5222
www.editoradcl.com.br

Ricardo Benevides
Ilustrado por Loly & Bernardilla

Fabíola foi ao vento

DCL
Difusão Cultural do Livro

Em manhã de Sol, quando a Terra aquece, Fabíola sai pra passear com Titã.
Rua abaixo, vai descendo, sentindo a brisa, sem olhar pra onde pisa. Apenas uma menina e seu cachorro.

Mas Titã é labrador, da raça, e tão grande
que, por onde passa, afugenta até alma penada.
Tremendo cachorrão, desses que coleira
nenhuma segura não.

Bem, quase isso. Porque Titã é boa-praça. E nem cara de cachorro tem. Até parece que é gente quando brigam com ele... faz cara de choro, como quem pede perdão.
Dócil como ele só, quem é que pode com esse cão?

Fabíola desce o morro, todo dia, à mesma hora, com passinho de formiga, formiga da perna curta, perna curta e apressada, pois quem guia é o cachorro.

Passo largo, vem Titã, cheirando o nada, procurando um não sei quê, talvez um osso, talvez um troço, talvez...

Até o momento em que Titã dispara, arrastando a menina pelo vento.
Ela segura firme na coleira e, com cara muito da faceira, diz:

— Para, eu não aguento!

Fabíola foi ao vento e perdeu o acento. E virou Fabiola, virou pipa que balança a rabiola quando sobe lá pro longe lá do céu.

Titã vai dando voltas pelo quarteirão, puxando a menina de papel, de papel colorido na cor do vestido que ela escolheu.

Muita gente quer saber como que pode, como se explica: toda menina em furacão vira pipa? O moço da padaria duvida.

Já a velhinha dá a dica, grita por socorro:

— A menina vai cair! Peguem esse cachorro!

Pensa que Fabíola tem medo? Medo de altura? Que nada! Ela tá é morrendo de rir.

Fura nuvem, rodopia, Fabíola se diverte como quê. Vê espanto, lá no morro, no olho de cada Maria: sua mãe, sua vó, sua tia e a vizinha quituteira. Mas vai assim, voando, voando, voando pelos ares. Todo mundo, cá embaixo, que inveja do passeio!

Em manhã de Sol, quando a Terra aquece,
Fabíola sai pra passear com Titã.
Brincando no vento, na folia, vem descendo, lá do morro,
menina-pipa e seu cachorro.

Pra começo de conversa, eu adoro uma prosa. Gosto de conversar com gente, com bicho e comigo mesmo. É verdade, às vezes eu falo sozinho! É que, desde cedo, percebi como é bacana aprender e fazer comunicação para aproximar as pessoas, para divertir, para informar. Por isso fui estudar Comunicação Social e depois Literatura, na Universidade do Estado do Rio de Janeiro (UERJ), onde hoje trabalho como professor – também dou aulas nas Faculdades Integradas Hélio Alonso (FACHA).

Moro no Rio de Janeiro, com a minha família – a Dri, o Pedro e o Lucas. Eles curtem as mesmas coisas que eu: cinema, livros, chocolates, desenhos, músicas, passeios, encontros e amigos.

Em 2000, lancei *Fabíola foi ao vento* por outra editora. Depois, vieram outros cinco livros, três em parceria com o meu amigo Leo Cunha. Esse que você tem nas mãos, agora, é o primeiro e é também o sétimo. Isto porque a Editora DCL quis relançá-lo com novas e belíssimas ilustrações de Loly & Bernardilla. Taí um bom motivo para começar outra conversa: o que você achou da história, dos desenhos, do voo da menina e do cachorro ventania, hein?

Nascemos em Santiago do Chile e, além de amigas, há oito anos ilustramos. Mas, na verdade, desde criança não largamos o pincel, os gizes de cera e os lápis de cor.

Nós gostamos de trabalhar com colagem digital. Então, eu, Loly, pego as ilustrações pintadas com técnica mista de acrílicos da Bernardilla e acrescento textura, objetos, numa colagem digital.

Fabíola foi ao vento é o nosso trabalho em ilustração mais recente. Para nós foi um prazer dar cor a esta história tão poética e delicada de Ricardo Benevides, que fala da amizade e cumplicidade mágica entre Fabíola e seu cão e a capacidade infinita de sonhar, espantando-se com as coisas simples da vida.

Para conhecer mais do nosso trabalho, visite nosso blogue: http://www.lolybernardilla.blogspot.com/